Ustinovitäten

Ustinovitäten

Einfälle und Ausfälle
von

Peter Ustinov

Ausgewählt, übersetzt und eingeleitet
von Carl Brinitzer

Deutsche Verlags-Anstalt Stuttgart

Die von Carl Brinitzer vorgenommene Auswahl und Übersetzung
erfolgte aus dem Buch
THE WIT OF PETER USTINOV
Compiled by Dick Richards
Leslie Frewin Publishers, Ltd., London

 Einbandentwurf: Edgar Dambacher. Gesetzt aus der Linotype Garamond-Antiqua. Gesamtherstellung: Fränkischer Tag GmbH & Co., Bamberg. Printed in Germany. ISBN 3 421 01543 0

Einleitung

Wer und was ist Peter Ustinov?

Vor einiger Zeit wurde Peter Ustinov gefragt, was ihn, den „ewig Neugierigen", vielleicht auf dem Mond interessieren würde?

„Gar nichts", antwortete er, „ich werde der letzte Mensch auf der Erde sein."

Nun, das wäre auch noch nicht das Schlimmste. Selbst mit diesem „letzten Menschen" würde unser Planet noch immer ausgiebig bevölkert sein. Es gibt ja bekanntlich nicht nur einen Ustinov, sondern ganze Horden von Ustinovs. Allerdings laufen sie der „Einfachheit" halber immer behäbig mit den gleichen zwei Beinen herum, mit dem gleichen untersetzten und massigen Körper, mit dem gleichen Wuschel – und doch ständig mit einem anderen Kopf.

Ja, man hat bisweilen sogar das Gefühl, daß die diversen Ustinovs mit vollautomatisch abschraubbaren Köpfen von ihrem an sich schon sehr kuriosen Stammbaum heruntergefallen sind. Aber nach den neuesten Ustinov-Forschungen scheint die Sache mit dem Schraubekopf zumindest nicht für unseren Peter zu gelten. Er wurde ganz schlicht – genau wie der im Altertum prominente Hausgott Janus – mit einem zweigesichtigen Kopf geboren, der recht plump auf einem einzigen Körper befestigt war, aber immerhin unserem Peterchen den Vorteil bot, je nach Wunsch vorwärts und rückwärts zu blicken.

Es versteht sich von selbst, daß unser „Held" beim ersten Rückblick sofort die eigene Familie entdeckte. Da war der liebe Großpapa. Er entstammte einer alten russischen Offiziersfamilie. Vor über hundert Jahren hatte er aus dem Zarenreich flüchten müssen, weil er zum Protestantismus übergetreten war. Beim zweiten Janusblick nach hinten sah der kleine Ustinov seinen ebenfalls nicht ganz alltäglichen Papa. Im Ersten Weltkrieg war Ustinov senior Offizier im Grenadierregiment König Karl von Württemberg gewesen. Später mußte er das scharfe Schwert mit der stumpfen Feder vertauschen. Er wurde Journalist in London, eine Art Schaf im Wolfspelz des damals führenden deutschen Telegraphenbureaus.

Wenn der kleine Ustinov aber mit seinem Janusköpfchen noch weiter nach hinten sah, viele Jahrhunderte zurück, so fiel sein schon damals neugieriger Blick auf professionelle Universalgenies wie Leonardo da Vinci und einen gewissen Geheimrat Goethe in Weimar. Kein Wunder, daß der kleine

Ustinov nun beschloß, selbst ein Universalgenie zu werden oder zumindest ein Universaltalent. Das ist ihm auch auf erstaunliche, fast schon anachronistische Art gelungen, doch wahrscheinlich nur deswegen, weil er mit dem anderen Teil seines Janusköpfchens hoffnungsvoll nach vorn zu blikken vermochte – in eine erfolgreiche und vielseitige Karriere als Bühnenschriftsteller und Romancier, als Filmproduzent und Drehbuchverfasser, der nebenbei noch malt und zeichnet, im Fernsehen konferiert und im übrigen seine tausend Talente auf annähernd zweitausend Arten betätigt.

Selbstverständlich haben sich Ustinovs Zeitgenossen, die „vorletzten" Menschen, oft darüber gewundert, wann er sich eigentlich mal Ruhe gönnt und eine kleine schöpferische Pause einlegt. Auf diese an sich ganz vernünftige Frage hat Ustinov dann noch vernünftiger geantwortet, daß für ihn eine Tätigkeit immer ein Ausruhen von der anderen sei: „Für mich liegt die größte Ruhe im Wechsel."

Und auch diesen „Wechsel", der wegen seiner Stargagen fast immer auf einen hohen Betrag lautete, hat Ustinov schmunzelnd präsentiert, als handle es sich dabei um eine seiner Komödien oder gar um die „Zauberflöte" von Schikaneder und Mozart.

Die meisten Journalisten haben ihn jedoch auch weiterhin als ein Unikum angestaunt, weil er eben heute nach einem etwas stürmischen Endspurt mit vier Obersten halb auf einem Baum sitzt und morgen filmt oder eine Oper inszeniert.

Aber solch ein Unikum, wie die Journalisten annehmen, war und ist Peter Ustinov nun auch wieder nicht. Mit Recht erinnert er selbst daran, daß ein gewisser Herkules bereits einige Zeit vor ihm die ständige Abwechslung liebte. Jener antike Kraftprotz hat sich also nicht darauf konzentriert, sein kurzes halbgöttliches Leben lang ausschließlich die berüchtigten Augiasställe zu säubern, in denen sich der Schmutz in ungeheurer Höhe angehäuft hatte. O nein! Herkules widmete dieser Aufgabe nur einen einzigen Tag, um dann in aller Ruhe auch noch den Kretischen Stier lebendig einzufangen, sich als Frühfetischist den Gürtel einer Amazonenkönigin zu beschaffen und sein vielseitiges Talent auf mancherlei andere und nützliche Art zu demonstrieren.

Peter Ustinov ist also kein Unikum. Wie Herkules, Leonardo und Goethe beweisen, existierten bereits früher Halbgötter und Menschen mit den mannigfachsten und kunterbuntesten Begabungen. Aber in unserer Zeit sind sie relativ rar geworden, eine Art geistige Bückware. Wir haben uns auf Spezialisten spezialisiert. Wer kein Fach-

mann ist, das heißt, wer nicht unentwegt nur Augiasställe säubert, wird über die Achsel angesehen.
Gottlob war das bei Peter Ustinov bisher nicht möglich. Schon aus rein anatomischen Gründen war seine Achsel nicht „übersehbar". Im übrigen hat er sich auch nie pompös als „Universalgenie, Jahrgang 1921", auf einen unter Denkmalschutz stehenden Sockel gestellt. Obwohl er aus Prinzip Bescheidenheit ablehnt, ist er trotz all seiner Erfolge zutiefst bescheiden geblieben, ein Vollblutkomödiant, der seine eigenen Grenzen kennt – und ein Suchender, der niemals ruht, nicht einmal auf den eigenen Lorbeeren. Er hat das selbst einmal in einer zufällig arbeitslosen Minute und mit ausgeruhtem Januskopf so formuliert:
„Ich habe das Gefühl, daß unser Wissen über die geheimen Kräfte der Seele wohl an Exaktheit, aber nicht an Selbstverständlichkeit zugenommen hat. Je weiter wir kommen, desto mehr verlieren wir den Blick für das Wesentliche. Je mehr ich auf einem meiner Gebiete leiste, je größere Erfolge mir Film, Theater oder Literatur als einzelne Sparten bringen, desto unerfüllter fühle ich mich, desto mehr drängt es mich, etwas anderes zu versuchen."
Mancherlei von diesen „Versuchen" ist in diesem Bändchen zusammengestellt. Es enthält nicht der

Weisheit letzten Schluß, wohl aber Randbemerkungen des „letzten“ Menschen, die immer ins Schwarze treffen – und immer so, daß sich niemand getroffen fühlt.

Carl Brinitzer

Persönlich
Vom Stammbaum der Erkenntnis

Ohne einen Tropfen englisches Blut kam ich als Engländer zur Welt.

An meinem Stammbaum hängt ein angeheirateter arabischer Onkel. Außerdem wurde ich durch die Fehlleistung eines evangelischen Pfarrers in Württemberg – zumindest für eine halbe Stunde – ein vollblütiges deutsches Baby mit den Vornamen Horst Willibald Otto. Dafür erhielt dann ein anderes Kind den Namen Peter und wurde mit Jordanwasser besprenkelt, das man auf Wunsch meiner Großmama in einer verkorkten Wärmeflasche nach Württemberg transportiert hatte. Ich dagegen wurde auf den Namen Horst getauft – und erhielt nichts.

Nach deutschem Recht bin ich vermutlich noch immer ein Deutscher, weil es mein Vater war, ehe ich die englische Staatsangehörigkeit erwarb. Bis 1936 hatte ich einen deutschen Paß, den ich dann bei meiner Naturalisierung aufgab. Sicher wäre es für mich sehr unangenehm gewesen, wenn mich die Deutschen im vorigen Krieg erwischt hätten. Bestimmt hätten sie mich nicht nur als Verräter erschossen, sondern mich außerdem prompt ins Gefängnis geschickt, weil ich mich nach Erhalt meines Einberufungsbefehls nicht sofort gemeldet hatte.

In allen Geldangelegenheiten war mein Vater ein ungewöhnlicher Mann. Irgendwie gelang es ihm, sein Leben mit all dem Gusto und all der Philantropie eines schwerreichen Mannes zu leben, ohne jemals mit all den scheußlichen Komplikationen belastet zu sein, die bei tatsächlichem Vermögen unvermeidlich gewesen wären.

Ich war sicher ein recht nettes und braves Kind. Aber rückblickend scheint es mir, daß man allen bösen Buben damit drohte: „Wenn Ihr nicht artig seid, müßt Ihr zur Strafe mit Peterchen spielen!“

Als kleiner Junge war ich ein Auto. Ich war sechs

Jahre alt und eine wahre Pest für meine Umgebung. Morgens stellte ich meinen „Motor“ an. Den ganzen Tag raste ich durch die Wohnung, sauste im Rückwärtsgang durch alle Türen und machte einen Heidenkrach.
Eines Tages hatte meine Mutter entsetzliche Zahnschmerzen. Ich versuchte, ihr Stöhnen durch immer lauteres Motorengedröhn zu überdecken. Da rief meine arme geplagte Mama, ich solle sofort mit dem Unfug aufhören.
Mein Großvater protestierte: „Sag sowas nicht! Der gute Junge ist doch grad dabei, seine Phantasie zu entwickeln!“

An meinem ersten Schultag wurde ich gefragt, wo ich sitzen möchte. Schüchtern sagte ich: „Ganz hinten!“ In meinem späteren Leben habe ich notgedrungen auf diese an sich so löbliche Bescheidenheit verzichten müssen.

Weil ich einen deutschen Paß besaß, war ich allen

meinen englischen Klassenkameraden verdächtig. Ich galt als der Junge, der den Ersten Weltkrieg verloren hatte.

Vom Herzog von Wellington stammt der Ausspruch: „Die Schlacht von Waterloo wurde auf den Spielplätzen von Eton gewonnen.“ Wieweit diese klassischen Worte den Eltern des kleinen Joachim von Ribbentrop bekannt waren, weiß ich nicht. Jedenfalls wollten sie ihren Sprößling nach Eton schicken. Aber man nahm ihn dort nicht an. So kam er zu uns in die Westminster-Schule, wo die Schultracht ähnlich wie die in Eton war. Nur galt unsere Penne nicht als ganz so fein wie Eton, ganz abgesehen davon, daß unsere Spielplätze zu klein waren, um darauf Schlachten zu gewinnen oder zu verlieren.

Ich habe mich noch immer nicht von dem psychologischen Schock eines Schulzeugnisses erholt, das ich für unglaubhaft und unglaublich gehalten hätte, wäre es mir nicht später einmal von meiner Mutter gezeigt worden. Da hieß es schwarz auf weiß: „... und legt der Knabe Peter große Originalität an den Tag, die unter allen Umständen gezügelt werden muß."

Wahrscheinlich geht nichts über die britische Erziehung – vorausgesetzt, daß man sie überlebt. Wenn nicht, bleibt einem immer noch das Diplomatische Korps.

Im Zweiten Weltkrieg hätte ich sicher eine tolle Karriere beim Militär gemacht, wenn man mich gleich als General einberufen hätte.

In vierzig Jahren habe ich meine Einstellung zu den meisten Dingen und meine Ansichten kaum geändert. Ich bin nur älter geworden.

Wahrscheinlich bin ich deswegen sehr glücklich, weil ich nie zufrieden bin.

Gern wäre ich den folgenden Personen begegnet: Sigmund Freud – aber er hätte mir ein Gefühl der Schüchternheit gegeben;
Christus – aber erst nach Beendigung meines Theaterstücks über Pontius Pilatus;
Napoleon und Hitler – um sie zu beschimpfen. Napoleon ist mir verhaßt, weil er kein Romantiker war. Und was Hitler betrifft, so hatte er wohl Visionen, doch keinerlei Einsicht.
Aristophanes und Sokrates – um mich von beiden amüsieren zu lassen.

Ich bin an sich sehr ehrgeizig, halte aber meine geheimsten Wünsche geheim. Dennoch will ich freimütig bekennen: Ich möchte gern so viel Geld verdienen, daß ich es mir leisten könnte, so zu leben, wie ich lebe.

Theatralisch

Zwischen Schminktopf und Tintenfaß

Ich werde immer schreiben, was ich denke – selbst wenn ich die Galerie von der Bühne her auspfeifen müßte.

Als ich zwanzig war, gab's den Kult der Teenager noch nicht. Es galt noch nicht als tolles Verdienst, daß man erst zwei Jahrzehnte auf der Welt war. In jenem Alter wurde mein erstes Theaterstück aufgeführt. Man hielt es für besonders unverschämt, doch nicht für ein besonderes Meisterwerk, weil ich ja noch sooo jung war.

Mein zweites Theaterstück *(Blow Your Own Trumpet)* wurde von der Kritik nach Strich und Faden zerfetzt, aber nicht vom Publikum. Das Publikum war überhaupt nicht erschienen.

Eine gute schauspielerische Leistung ist natürlich gar nicht so einfach. Aber es ist weit schwieriger, ein schlechtes Stück zu schreiben als schlecht zu spielen.

Als Anfänger hatte Ustinov eine winzige Rolle zu spielen. Der Star fragte ihn: „Na, junger Mann, was haben Sie in der nächsten Szene zu tun?"
Vorsichtig erwiderte Ustinov: „Ach, eigentlich so gut wie nichts."
Er wurde niedergebrüllt: „Kommt nicht in Frage! Ich bin der Star. In dieser Szene bin ich es, der nichts tut!"

Dramatiker und Schauspieler der Avantgarde rennen in einer Sackgasse auf und ab. Wenn sie dann wieder zur Hauptstraße gelangen, sind sie von all den andern überholt worden.

Unter *Glamour* versteht man im Theater meist zwanzig Choristinnen, die alle in einer Reihe dasselbe tun, als wären sie Teil einer Maschine. Man geht dabei von der Annahme aus, daß zwanzig Frauen mehr *Glamour* haben als eine.

Opernsänger erlernen die Schauspielerei rasch. Schon bald beherrschen sie alle Gesten. Unglücklicherweise vergessen sie dann alles wieder ebenso rasch. Was übrigbleibt, sind nur die Gesten. Aber das ist nicht weiter schlimm, denn bei der Premiere jeder neuen Oper machen sie sowieso die gleichen Gebärden wie bei ihrer letzten Oper.

Wenn man bekannt ist, hat man's verdammt schwer, sein Material an Ort und Stelle zu sammeln. Will man zum Beispiel einen Spannungsroman à la Simenon über ein Bordell in Hamburg schreiben, so kann man selbst das Bordell nicht betreten, ohne rechts und links Autogramme auszuteilen.

Filmisch

Hollywood und Umgebung

Diktatur in Hollywood ist die beste Regierungsform – vorausgesetzt, daß man selbst der Diktator ist.

Das Malheur beim Film ist, daß man das Resultat erst vierundzwanzig Stunden später vor Augen hat, wenn man die ersten Rohabzüge sieht. Mit anderen Worten: man ist gleichsam die ganze Zeit blindgeflogen. Man weiß nichts Bestimmtes nicht. Man hat nur seine Vermutungen. Wie könnte man sonst auch zu seinen Freunden sagen: „Ich hab' das Zeug gesehen. Einfach prima!"

Die Filmwelt hat ihre unerklärlichen Gesetze: je mehr Kapital man in einen Streifen investiert, desto größer wird auch die Feigheit aller Beteiligten.

Nichts macht Filmproduzenten vorsichtiger als Geld. Wenn sie eine „epische" Menge Pinkepinke investieren, wollen sie unweigerlich einen Film geliefert erhalten, der haargenau einem anderen Film ähnelt.

Arbeit mit einem Hollywood-Regisseur alten Stils ist ungefähr dasselbe wie eine Zollvisitation. Man muß dauernd erklären, was all die neumodischen Sachen bedeuten, die man irgendwo im Koffer versteckt hat.

Nur in Hollywood findet man erwachsene Menschen, die niemals ihre romantische Konzeption der Vergangenheit abgeschüttelt haben. Für diese liebenswerten Geschöpfe ist Geschichte ein überraschender und wunderschöner Traum, also etwas, was es in der harten Welt der Tatsachen nie gegeben hat.

In Hollywood sagt man: Es gibt nur zwei Dinge, die einen guten Schauspieler fertigmachen können – und das sind schlechte Frauen und schlechte Filmmanuskripte.

Viele der höchsten Bonzen in Hollywood scheinen keine Ahnung zu haben, wer ihre Freunde sind. Aber sie wissen mit tödlicher Sicherheit, wer ihre Todfeinde sind.

In Hollywood geraten das Unwirkliche und die Wirklichkeit immer etwas durcheinander. Daher hängt auch die soziale Stellung eines Schauspielers weitgehend von der Rolle ab, die er zu spielen hat. So war mir in meinem ersten Hollywood-Film die Rolle eines Leibeigenen zugeteilt – und das führte dazu, daß man mich wie einen Sklaven behandelte. Man brüllte mich brutal an: „Herkommen! Dalli, dalli!“ Man vergaß, daß ich ja schließlich nur ein Schauspieler war, den man für die Darstellung eines unterwürfigen Charakters engagiert hatte.
Bei meinem zweiten Film *(We're No Angels)* stand ich auf der sozialen Hühnerleiter schon eine Sprosse höher. Statt eines Sklaven spielte ich nun einen Sträfling. Das war ein Fortschritt, denn im

Gegensatz zum Sklaven ist ein Sträfling wenigstens früher mal ein freier Mann gewesen. Aber es versteht sich von selbst, daß ich nicht den Eindruck erwecken durfte, als wollte ich nachts aus dem Studio ausbrechen.

Biblische Filme:
Am Schluß siegt da immer die Tugend mit einem Knockout in Technicolor, doch bis dahin hat der Teufel nach Punkten geführt.

In Filmen aus der Zeit des Urchristentums werden den Löwen so viele Christen zum Fraß vorgeworfen, daß selbst die gerechtesten, frömmsten und edelsten Menschen in diesem Fall nicht mehr von Tierquälerei sprechen können.

Über Max Ophüls (gest. 1957), in dessen finanziellem Katastrophenfilm *Lola Montès* Peter Ustinov mitgewirkt hatte:
Ophüls war ein Mann, den die große Haupt- und

Staatsaktion und zugleich auch das kleinste Detail faszinieren konnte. Er besaß die Fähigkeit, unsichtbare Dinge auf industrieller Grundlage sichtbar zu machen. Max war ganz der Typ, der es fertiggebracht hätte, die schönste, genauest gehende und kleinste Schweizer Armbanduhr zu produzieren, um sie dann am Turm einer Kathedrale aufzuhängen, damit die Passanten unten auch genau wüßten, wie spät es sei.

Über Sir Carol Reed, den Peter Ustinov verehrt und von dem er als Regisseur viel gelernt hat:
Bei ihm geht alles so zu, wie bei den routinemäßigen Mini-Verschwörungen, die jeder Kabinettsbildung vorangehen. Natürlich ist Sir Carol Reed der Premierminister. Er will, daß du gegen deine bessere Überzeugung den Posten eines Landwirtschaftsministers übernimmst. Dabei läßt er durchblicken, er werde dich wahrscheinlich später mal zum Außenminister machen – aber nur, wenn du dich jetzt in deine Rolle fügst.

Ustinov war Regisseur eines Films, der in einem Pariser Bordell spielte. Ein Journalist, der zu den Aufnahmen kam, war etwas verwundert. „Ich hatte gedacht", sagte er, „daß es sich bei diesem Film um eine Komödie handle ..."

„Ja", erwiderte Ustinov, „es handelt sich sogar um eine sehr freudenhausbackene Komödie. Was Sie hier sehen, ist ein Bordell, in das man getrost die ganze Familie mitnehmen kann."

Kritisch

„Der Tausendsakerment! Schlagt ihn tot, den Hund! Es ist ein Rezensent!“

In allen Spielarten menschlichen Zusammenlebens wird die Kritik ermutigt. Man betrachtet sie etwa so wie die Sicherheitsventile, die ein Ingenieur an seinen Maschinen anbringt. Irgendwo muß es ja eine Möglichkeit geben, den Meinungsdampf abzulassen.

Obwohl man die Kritik überall fördert, weil sie nun mal zum Inventar unserer Zivilisation gehört, bedeutet das noch längst nicht, daß man eine Kritik beachten oder auch nur anhören soll.

Ich habe nur etwas für solche Kritiker übrig, die alles verreißen. Sie zwingen mich, auf der Hut zu sein und meine Gedanken nochmals auf ihr Gewicht und ihre Gültigkeit zu prüfen. Die sogenannten „konstruktiven Kritiker“ sind meines Erachtens total überflüssig.

Sei niemals mit einem Kritiker befreundet! Als Freund wird er beim Schreiben seiner Kritik ein

Schuldgefühl haben. Er wird dich daher nach allen Regeln der Unkunst zerfetzen. Wenn man aber einen Kritiker von oben herab behandelt, wird er dich über den immergrünen Klee loben – aus Objektivität.

Politisch
König Ustinov I.

Wenn ich für einen Tag König wäre, würde ich alle Reformen auf morgen verschieben.

Die Welt wird nicht von Historikern regiert. Wer könnte sich auch einen solchen Luxus leisten?

Je mehr man uns ermutigt, unsere Meinung zu äußern, desto weniger Meinungen finden wir, die wir äußern möchten. Es ist bezeichnend, daß die größte Wahlbeteiligung immer dann stattfindet, wenn es nur einen einzigen Kandidaten gibt.

Es war Danton, der während der Französischen Revolution die Parole prägte: „Mut, Mut, Mut über alles!" Diese edle Gesinnung führte ihn zur Guillotine. Dagegen zeigte der Staatsprokurator Fouquier-Tinville keinerlei Courage. In einer Zeit der Gewalttätigkeit schlug er einen mittleren Kurs ein. Infolgedessen lebte er ein Jahr länger als Danton. Dann endete er ebenfalls auf der Guillotine. Moral: Wenn man sowieso kopflos wird, schadet es nicht, wenn man sich vorher charaktervoll und würdig benimmt.

Ich habe mir mal ein Gebet für ein westeuropäisches Kind ausgedacht. Jede Nacht sollte dieses Kind dem lieben Gott für die Amerikaner danken, die seine Freiheit beschützen. Es sollte Gott für die Franzosen danken, die all das tun, was die Engländer tun sollten. Schließlich sollte es dem lieben Gott für die Chinesen und Russen danken, ohne die Amerika das einzige ganz große Land sein würde.

Definition der NATO: Sechs Nationen suchen einen Feind.

Über Harold Wilson: Ein Maigret, der die Lösung kennt, ohne zu wissen, welches Verbrechen begangen wurde.

Ein Diplomat ist heutzutage nur ein Oberkellner, der sich gelegentlich mal hinsetzen darf.

Credo eines Sowjetdiplomaten: Früher war es verbrecherisch, an etwas zu glauben. Dann kam die Demokratie. Nun haben wir die Wahl zwischen Glauben und Unglauben. Natürlich müssen wir uns ehrenwörtlich verpflichten, daß wir auch immer die richtige Wahl treffen. Sonst hätte die Demokratie ja keinen Sinn.

Wie einmal ein polnischer Diplomat so weise bemerkte: In kapitalistischen Ländern werden einige Leute durch andere ausgebeutet. In kommunistischen Ländern ist es genau umgekehrt.

Der traurigste Beruf in der Welt? Ein alternder Revolutionär.

Völkerkundlich

Beschreibungen und Vergleiche

Um zur Wahrheit zu gelangen, wird der Deutsche addieren, der Franzose subtrahieren und der Engländer das Thema wechseln.

Amerikanische Demokratie ähnelt dem Verhalten eines reichen Mannes, der in einem Appartement-Haus wohnt und zum Portier sagt: „Hallo, Tom!" (Dabei heißt der gute Mann in Wirklichkeit Jack.) „Na, Tom, was machen die Kinder?" (Dabei hat er überhaupt keine Kinder.) Aber beide Parteien haben ganz offensichtlich ihre Freude an diesem freiheitlichen Gedankenaustausch.

Weil alles in Amerika so gleichförmig ist, hat man vollste Freiheit der Wahl, aber nichts, was man wählen möchte.

In den USA kann man vor dem Bildschirm erscheinen und sagen: „Man sollte den Präsidenten aufhängen, am besten an der Freiheitsstatue" und der Interviewer wird dann hinzufügen: „Well, das ist eine sehr interessante Bemerkung. Ich hoffe, Sie werden bald wieder in unserem Programm erscheinen." Niemand kümmert sich einen Dreck darum, was man im amerikanischen Fernsehen sagt, weil niemand zuhört.

Lunch in Amerika ist deswegen eine so traurige Mahlzeit, weil nahezu jeder zu essen aufhört, um die Spezialdiät seines Nachbarn zu beobachten.

Es gibt zwei Länder in der Welt, in denen Ironie unbekannt ist: Amerika und Monaco. Das erstere Land ist dafür zu groß, das zweite zu klein.

Der Engländer liebt das Gefühl, daß er über sich selbst lachen kann. Er tut das aber nur, um den andern die Freude zu nehmen, über ihn zu lachen.

England leidet an einer Art von Glorifizierung des Amateurs – und das kann bisweilen furchtbare Folgen haben. So kann man zum Beispiel bei einem Mordprozeß folgendes erleben: der Angeklagten wird vorgeworfen, sie habe ihren Mann ermordet, während sie eine Jazzplatte laufen ließ. Und nun sagt der Richter ganz nebenbei: „Und was ist Jazz, wenn ich fragen darf?"

Wenn man in England über Gleichheit spricht, meint man die Gleichheit von Mann und Frau. In Amerika ist das anders. Die meisten amerikanischen Männer würden sich glücklich preisen, wenn ihre Frauen sie als gleichberechtigt gelten ließen.

Der englische Sportler ist stolz darauf, ein guter Verlierer zu sein. Dadurch erreicht er, daß seine Gegner sich schuldig fühlen, wenn sie gewonnen haben.

Franzosen und Engländer sind so gute Feinde, daß sie der Versuchung nicht widerstehen können, die besten Freunde zu sein.

Kein Mensch ist so alt wie ein junger Franzose.

Selbst in ihren Komödien sind die Franzosen logisch. Sie sind nicht gerade sehr komisch, aber wenn keiner lacht, ziehen sie sich sofort in jene Sphäre zurück, wo angeblich der Witz beginnt. Und wenn man ganz besonders witzig ist, wird sogar niemand zu lächeln wagen.

Bisweilen habe ich das Gefühl, als ob es in Wirklichkeit nie eine russische Revolution gegeben habe. Dann scheint es mir, es waren wohl nur die Gesetze gegen Monopolbildung, die irgendwie versagten.

Die Sowjetunion ist die einzige Organisation der Welt, die größer als General Motors ist.

Ein Mann besuchte Israel und wollte das Grabmal des unbekannten Soldaten sehen. Man führte ihn in ein Mausoleum in der Nähe von Tel Aviv. Da stand in Marmor gemeißelt:

HERMANN J. GINSBERG
geb. 1883, gest. 1917

Der Mann sagte: „Aber ich dachte, der unbekannte Soldat sei unbekannt . . .“
Der Fremdenführer erwiderte: „Ja, als Soldat war er unbekannt, aber nicht als Kürschner!“

Fremdfederlich

Imitierte Zitate (Echtheit für ein Jahr garantiert)

Man muß nicht unbedingt jedem lahmen Hund über einen Zaun helfen. Vielleicht ist er diesseits des Zauns viel glücklicher als jenseits.

George Bernard Shaw

Gib mir Vergessenheit und du magst deine Träume behalten. *Sigmund Freud*

Liebe, mein teurer Aynesworth, wird im Salon als Galanterie bezeichnet. Sie gilt als Lust im Schlafzimmer, als Gier in der Küche, als Unaufmerksamkeit beim Gottesdienst und in der Grafschaft Norfolk als Verständnis für die Eigenheiten der Natur. *Oscar Wilde*

Eine Vase zu zerbrechen, ist keine Sünde. Sündig macht sich nur, wer die Scherben unter einer Brücke versteckt. *Chinesisches Sprichwort*

Leiden ist der Wein, der selbst der gewöhnlichsten Mahlzeit einen ungewöhnlichen Glanz verleiht.

Walt Whitman

Eine Frau wird nie verkaufen, was sie ansonsten nutzbringend veräußern könnte.

Herzog de La Rochefoucauld

Hat man sein ganzes Leben in Tränen verbracht, ist es nur ein schwacher Trost, wenn man mit einem Juchzer auf den Lippen stirbt.

Sir Charles Dibb

Verlange die Welt – und man wird dir ein Butterbrot geben. Verlange ein Butterbrot – und du verlierst alles, was du besitzt. *Rockefeller*

Sir, ich frage Sie, was ist der Lebenssaft eines wackeren Mannes? Blut? Wasser? Sherry? Süßer kanarischer Wein? Nichts von alledem! Tinte ist es, Sir, ganz gewöhnliche Tinte!

Dr. Samuel Johnson

Eine *duenna* oder Anstandsdame ist ein weibliches Wesen, das schon zu alt ist, um einen in Versuchung zu führen, doch noch jung genug, um sich an alle süßen Geheimnisse der Versuchung zu erinnern. Eine holde Maid ist ein weibliches Wesen, das noch zu jung ist, um ihrerseits jemand in Versuchung zu führen, aber noch nicht alt genug, um die süßen Geheimnisse der Versuchung am eigenen Leib gekostet zu haben. Daraus folgert nun, daß ein Galan einem dieser beiden weiblichen Wesen in Liebe nahen muß, derweilen er sich die Gunst der anderen verdienen will und folget item daraus, daß man die kalte Nachtluft des Herbstes nicht scheuen darf, alldieweil man sich zu leicht für den Frühling gekleidet hat.

Benvenuto Cellini

Ein Prophet ohne Botschaft ist wie ein Rad ohne Wagen. *Konfucius*

Was ist ein Augenblick? Die Scheide zwischen Erfolg und Mißerfolg. *Napoleon*

Lachen um des Lachens willen ist lächerlich, aber über einen Witz zu lachen – ja, das ist gut.

Swedenborg

Der Liebhaber wird einen Spatz als Reiher bezeichnen. Für die Ehefrau ist ein Reiher ein Spatz. Dagegen bleibt der Spatz für den Weisen ein Spatz – und im übrigen bleibt der Weise auch unverehelicht. *Chinesisches Sprichwort*

Ein Ja ohne Nein ist wie ein Wein ohne Glas – ungenießbar. *Talleyrand*

Ach, der Klang eines Schlagholzes, das auf einen Ball stößt, das Gebell eines Hundes und das Lachen einer schönen Frau ... gebt mir diese Klänge, und ich schenke euch alle Sinfonien.

Sir Edmund Elgar

Kein Spiel kann mehr als einen Sieger haben. Hast du Angst vor dem Verlieren, halte dich allen

Wettkämpfen fern! Dann aber wirst du leiden. Du wirst leiden, weil du nicht gespielt hast. Nun wirst du nie erfahren, ob du nicht vielleicht gewonnen hättest. Für deinen Seelenfrieden, o Freund, ist es übrigens ratsam, keinerlei spielerische Wettkämpfe in deinem eigenen Haushalt zu veranstalten. Auch solltest du nie Einladungen in Häuser annehmen, wo man mit dem Abhalten solcher Spiele rechnen muß.

Japanisches Sprichwort

Sei auch im Unglück ein Mann!
Halt dir den Bauch, daß jeder denkt,
wie der aber feixen kann!
Da ist nichts zu machen,
der Kerl wird noch lachen,
wenn man ihn in die Grube senkt.

Patience Strong
(deutsche Übersetzung von Emanuel Geibel)

Aphoristisch
Ustinov von A - Z

Altmodisch

„Altmodisch" ist das Wort, mit dem man auch den altmodischsten Managern einen heillosen Schrecken einjagen kann.

Außerbüroliches Wochenende

Leute, die einen durchaus gesetzten Charakter haben, verbringen oft ihr außerbüroliches Wochenende damit, daß sie die waghalsigsten Fallschirmabsprünge absolvieren. Dabei nimmt ihr Gesicht den Schimmer einer fast schon erotischen Verklärung an. Bei ähnlichem Gesichtsausdruck während der Woche würde man sie fristlos entlassen.

Beatniks

Der Tramp verhält sich zum Beatnik wie der Arbeiter zum reichen Nichtstuer. Der Tramp tut alles, um nicht zu arbeiten, während der Beatnik gar nichts tut, um nichts zu tun – aus reiner Freude am Müßiggang.

Bescheidenheit

Bescheidenheit ist die ungesundeste Form der Selbtbewertung.

Beständigkeit der Ehe

Es ist schon eine große Freude zu beobachten, wie die eigenen Kinder aufwachsen. Man erkennt in ihnen die Fehler, die man selber hat, und die Tugenden seiner Frau – und das dürfte gewiß zur Beständigkeit der Ehe beitragen.

Blumenkinder

Die Blumenkinder sind so, wie sie sind, weil sie sich bemühen, all die Attribute des wahrhaft guten Menschen wiederzufinden, die wir auf dem Weg zur Zivilisation verloren haben.

Computer

Die furchtbaren Leiden, die ein schadhafter Computer verursachen kann, lassen die Märtyrertaten der Heiligen als eine Reihe harmloser Unglücksfälle erscheinen. Aller Wahrscheinlichkeit nach ist ein verrückter Computer noch gefährlicher als ein verrückter Mensch.

Ein seltsames Phänomen: In der Computer-Eiszeit, die gerade beginnt, wirkt auf dem Bildschirm nichts so sehr wie menschliche Wärme.

Schließlich wird der liebe Gott durch Computer ersetzt werden. Diese Elektronengehirne werden dann sogar Fragen beantworten, die man noch gar nicht gestellt hat.

Denken

Je genauer ich weiß, was ich eigentlich denken soll, desto weniger weiß ich, was ich tatsächlich denke.

Ehe

Der liebe Gott war Junggeselle. Man kann daher wohl mit Recht vermuten, daß seine die Ehe betreffenden Gebote mehr theoretischer als praktischer Natur waren.

Einkommensteuer

Ich sehe absolut nicht ein, warum ich dem Mann vom Finanzamt mein Einkommen mitteilen muß. Warum soll er sich Sorgen machen? Er bekommt ja doch alles.

Erziehung

Jedes halbwegs begabte Kind wird dadurch, daß es gegen etwas opponiert, mehr lernen als durch braven Gehorsam.

Erziehung ist wichtig – vor allem zur Beseitigung alter Vorurteile. Dadurch wird das Oberstübchen erheblich sauberer. Wenn man schon ein Gefangener seines eigenen Geistes sein muß, tut man gut daran, wenigstens seine Zelle möglichst behaglich einzurichten.

Geld

Geld korrumpiert – vor allem jene, die es nicht besitzen.

Gewissensbiß

Jeder Gewissensbiß ist ein Ahnen Gottes.

Gleichberechtigung

Gleichberechtigung für alle Frauen? Unsinn! Das wäre doch dasselbe, als würde man darauf bestehen, daß jeder wählen muß – auch wenn es keinen Kandidaten gibt, der seinen Standpunkt vertritt.

Gott

Mehr und mehr wird es jetzt offensichtlich, daß Gott nicht länger bei uns weilt. Bisher wurde der Mensch durch Fragen gepeinigt, für die es keine Antworten gab. Durch die Computer werden wir jetzt mit Antworten überschüttet, für die wir nicht einmal die Frage stellen konnten.

Gute, alte Zeit

Die unanständigsten Zeiten waren eigentlich jene, in denen man alles verhüllen wollte – wie zum Beispiel in der viktorianischen Zeit. Heute ist alles *strip and no tease.* Eh' man sich's versieht, sind schon die Kleider runter. Früher brauchte eine Frau mindestens dreißig Minuten, bis sie splitternackt dastand. Während dieser gefährlich langen Zeit konnte sie natürlich leicht im heikelsten Moment von ihrem Gatten überrascht werden.

Zu meiner Zeit gab es Dinge, die man tun konnte, und Dinge, die man nicht tun konnte. Außerdem gab es auch noch eine besondere Art, selbst das zu tun, was man nicht tun konnte.

Härte

Um sanft, tolerant, weise und vernünftig zu sein, muß man über eine gehörige Portion Härte verfügen.

Jazz

Jazz ist eine Kunstform, die wahrscheinlich aus einem Rachegefühl der Neger entstanden ist. Sie wollten sich dafür revanchieren, daß man sie nach Amerika gebracht hat.

Kinder

Wenn man sehr alt ist, weiß man, daß die Kinder recht haben. Schade, daß sie nicht auch die nötige Autorität besitzen!

Mode

Heutzutage ändert sich die Mode so rasch, daß man eigentlich *Vogue* und *Harper's Bazaar* als Tageszeitungen drucken müßte.

Narr in höchster Potenz

An Hirnrissigkeit kann niemand einen weisen Mann überbieten, der zum Narren seiner eigenen Weisheit geworden ist.

Nicht mehr komisch

Erst dann wird etwas böse, wenn es nicht mehr komisch ist.

Optimist

Ein Optimist ist jemand, der genau weiß, wie traurig die Welt sein kann, während ein Pessimist jemand ist, der täglich neu zu dieser Erkenntnis gelangt.

Rache

Die Leute, die ständig auf Rache sinnen, wissen leider nie, wann sie ihre Rachegefühle befriedigt haben. Um ganz sicher zu gehen, setzen sie daher ihre Rache bis in alle Ewigkeit fort.

Religion

Religion ist das Werk Gottes, das durch den Teufel seine Perfektion erhielt.

Sachverständige

Hüte dich vor den Sachverständigen! An dem Tage, da die Menschen die Erde mit ihrer Bombe in die Luft sprengen, wird der letzte Überlebende ein Sachverständiger sein, der erklärt, sowas könne nie und nimmer passieren.

Sprache

Leute, die viele Sprachen beherrschen, haben meist nichts zu sagen – in keiner Sprache.

Stil

Stil ist eine Form der Lüge. Er ist das Ornament, das die Struktur verdeckt.

Todesstrafe

Todesstrafe ist eine falsche Bezeichnung. Es gibt keine Todesstrafe. Es gibt höchstens eine Strafe, durch die man gezwungen wird, die letzten Tage seines Lebens so unangenehm wie möglich zu verbringen.

Überzeugung

Über unsere Zweifel sind wir uns im allgemeinen einig. Was uns trennt, sind unsere Überzeugungen.

Unausstehlich

Zwei Verhaltensweisen sind mir besonders zuwider. Ich kann Leute nicht ausstehen, die einem alles von den Lippen ablesen. Unausstehlich sind mir auch alle Fragesteller, die nie auf die Antwort warten. Aus dieser zweiten Gattung der Widerlinge entwickeln sich dann die Fernseh-Interviewer.

Versuchung

Eine Versuchung, der man sofort nachgibt, ist keine Versuchung mehr. Die richtige Versuchung kommt erst, wenn man sich die Sache nochmals überlegt hat.

Vielseitig

Ist es gefährlich, sein Talent auf zu vielen Gebieten zu betätigen? Ich weiß es nicht. Aber ich kann mir vorstellen, daß Leonardo da Vinci ständig ermahnt wurde, er solle doch mehr Mona Lisas malen, statt sich mit der Erfindung von Belagerungsgeschützen abzugeben. Dabei möchte ich nebenbei erwähnen, daß die Mona Lisa meines Erachtens arg überschätzt wird. Sie sieht wie die Oberschwester in einem kleineren Krankenhaus aus, die nicht über den Dingen, sondern unter ihnen steht. Sollte sie Leonardo etwa als Schießscheibe für seine Belagerungsgeschütze gemalt haben?

Wahrheit

Klischees sind einfach fürchterlich, aber man muß die Wahrheit sagen. Am Ende zeigt sich's, daß alle Klischees wahr sind. Und das ist fast noch schlimmer zu ertragen als die Wahrheit.

Zeitlassen

Man muß sich Zeit lassen. Wer sich zu sehr beeilt,

tötet sein Talent. Wenn man zur Sonne strebt, kommt man durch ein paar ungeduldige Luftsprünge auch nicht weiter.

Inhalt